笑ってみ。

それだけで楽になる

麻生愛里沙

ポエムピース

笑うことを忘れ、
生きるのがつらいと思っているあなたへ

この本は自らの試練と向き合い、必死に戦ってきた愛里沙が、自らの手で24歳の生涯を閉じるまでに書かれた〈メッセージポエム〉を集めたものです。

人生の様々な逆境、あやまちを克服しながら、家族や周囲に愛を注ぎ、感性を研ぎ澄まして世界と対話してきた愛里沙。

その懸命に生きた人生から、愛里沙が必死につかみ取った、生きていくための道しるべ――それは時を超えて、私たちを勇気づけ、導いてくれるでしょう。

編集部

君が寂しいときは
たくさんたくさん
僕を必要としてよ
僕が寂しいときは
いっぱいいっぱい
君を必要とするよ

笑ってみ。
それだけで楽になる　目次

「幸せ」ってなんだろう

泣いてくれる人
悲しんでくれる人
自分のために何かを
してくれる人が居る
これだけで幸せなんだよ

眠れぬ夜は
一緒に居ようよ…
冷えた君の手
あたためられるから

笑ってみ。

それだけで楽になる

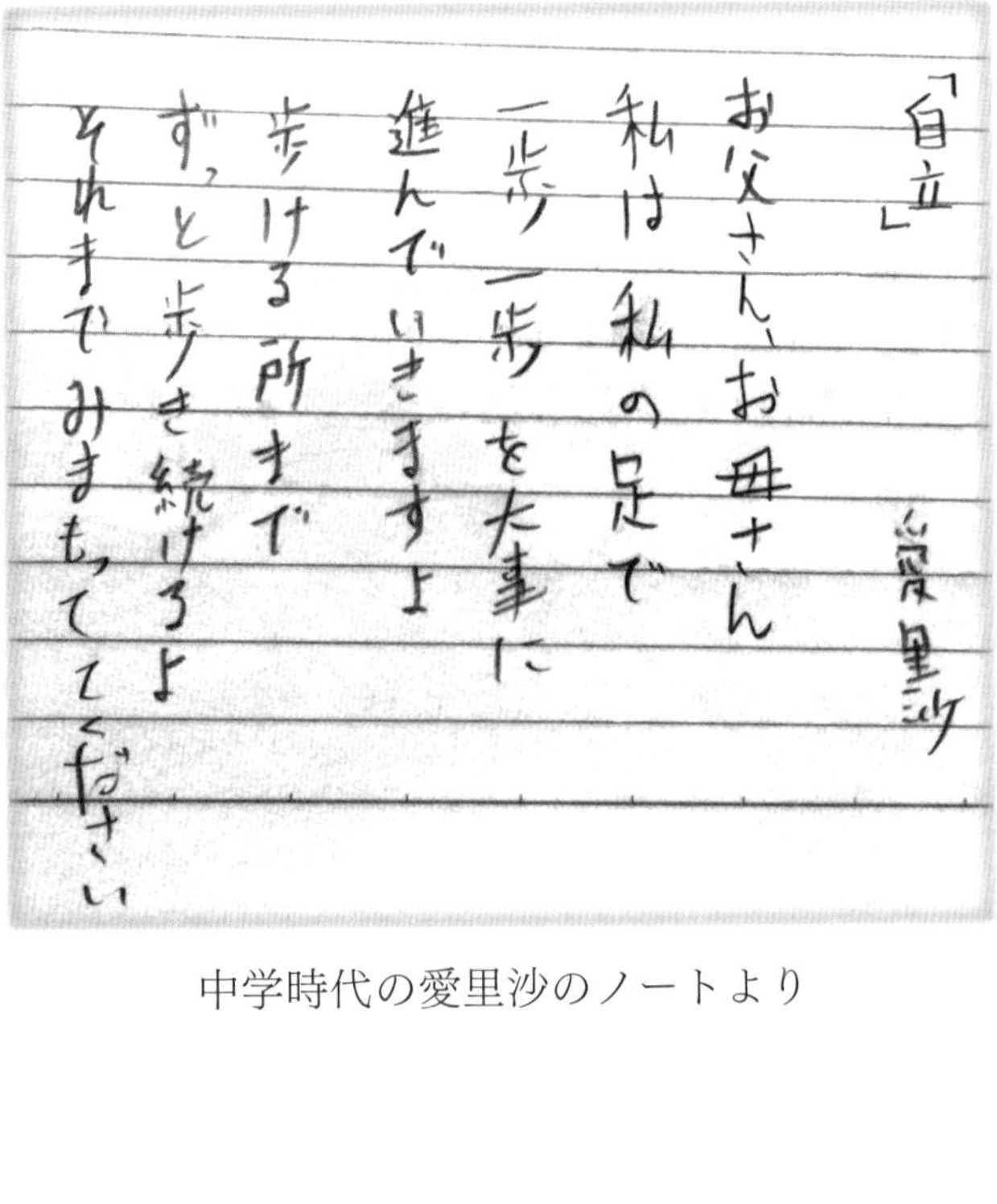

「自立」
お父さん、お母さん
私は私の足で
一歩一歩を大事に
進んでいきますよ
歩ける所まで
ずっと歩き続けるよ
それまでみまもっててください
愛里沙

中学時代の愛里沙のノートより

愛里沙が好んで使っていた
ARISAのアルファベットを
デザインしたマーク

素直に生きればいい。
このポエムを一人でも多くの人や、
今すごくつらい経験をしている人に
是非読んでいただきたい。
自分への素直な気持ちと
困っている人を助けるために
書きました。

愛里沙

『私の想いよ…
風になれ…』
一人でも多くの人へ
勇気をあたえたい。

諦めたときが本当に最後
本当に最後
輝かしい自分で
居たいなら

少しずつでいいから
一歩踏み出してみ
きっと誰よりも輝ける
自分になれるから

どれだけ泣いてもいいよ
その涙をそっとこの手で
ぬぐってあげるから

肩をかすから
胸をかすから
たくさん泣いていいよ

人に否定されたって
人に自分を
見てもらえなくたって
いいじゃない
自分だけは自分を認めてあげ
好きになってあげれば

いいんだよ
本当に大切なのは
自分が自分でいること
自分を嫌いでも
認める心を持ってる
自分を好きになろ

カッコ悪くてもいい
立ち止まってもいい
よそ見してもいい
転んで弱音吐いても
最後まで努力して

諦めなかったらいい
諦めることよりも
いっぱい泣いて苦しんで
最後に笑えるほうが
よっぽどカッコいいねんで

君が寂しいときは
たくさんたくさん
僕を必要としてよ
僕が寂しいときは
いっぱいいっぱい
君を必要とするよ

僕には君が必要
君には僕が必要
胸張って
人に言える様に
なれたらいいね

僕を照らす太陽
まだまだ輝かない
もっともっと
雨にうたれ　風にふかれ
大きく成長するまで

きっといつか
この太陽のように
ひかり輝けると信じて
僕は今走り出した

昨日　見て　泣いて
今　見て　笑って
明日　見て　ドキドキして
全部　見て　幸せ感じよ

あなた自身の
成長を見て
喜ぶ人が
たくさん
居るから…。

笑ってみ。

それだけで
楽になる

夢を持っても　夢がなくても
いいやんか
夢は必ず叶うものじゃない
実現させるものや

「叶わぬ夢」はないよ
夢を信じてみ　夢を探してみ
夢を夢で終わらせたらあかん
一生かけて実現させたらいい

「幸せ」ってなんだろう

ふと思うことがある
でも幸せって
気づいてないだけで
遠いようで近くにある
一人でも怒ってくれる人

泣いてくれる人
悲しんでくれる人
自分のために何かを
してくれる人が居る
これだけで幸せなんだよ

失敗なんて
誰でもする
失敗するから
成功するんだよ

雑草のように
踏まれても
踏まれても
立ちあがってみよ
絶対成功するから

目の前にある
輝くものを手にしたい
あこがれて
自分も輝きたい

キラキラして
ニコニコして
笑っていたい
空に　星に向かって言ってみ
「素直」という隠した言葉

校庭ではしゃぐ子供たち
笑顔あふれる
かけまわる
太陽が…
空がキレイでね

39　校庭ではしゃぐ子供たち

こうして笑顔あふれた
世界なら
空も明るさ　輝き
保ち続けるのね…。

眠れぬ夜は
一緒に居ようよ…
冷えた君の手
あたためられるから

あなたと
会えない日の
もどかしさ
切なさ
別れの辛さ

心が苦しいよ
でもね
言葉にしなくても
伝わるよ
想いは同じだよ

あなたは人を守りたい
そう思ったことが
ありますか
人に守られたい
そう思ったことが
ありますか
守る守られるは
考えるものじゃない

守ろうと思ったり
考えたりしなくても
体は勝手に
人を守ろうとするんだよ
ほらね
体が言ってるよ
「大切…」だって…

その冷たい手
ここに出してみ
温めてあげるから
その涙でぬれた顔
こっち向いてみ
ぬぐってあげるから

ギュッとしてほしいんだね
寂しいんだね
「大丈夫」と
心から言えるまで
この手をはなさないからね
ずっとずっと…

泣きたいときは

とことん
泣けばいい

そんなに自分を責めないで
僕はずっと
ここに居るから
ずっと居るから…
認めてあげて
一緒に歩くからさ

僕が支えになるからさ
一人で自分を責めないで
大切だから
君が大切だから
一緒に泣いて一緒に笑う
だから認めてあげて…

暗く寂しい部屋で
君は一人涙する
僕は一緒に居てあげることしかできない
一緒に涙することしかできない
君の全てを理解できない
だけどね
僕の全てで受け止めるから
君の全てでぶつかってきてよ
孤独な部屋で泣かないで　僕の隣で…
涙する君を見ると

53　暗く寂しい部屋で

僕の心は痛くて痛くて苦しくて
君のうつむいた横顔が寂しくて
抱きしめてあげたくなるほど
寂しく悲しい顔
そんなに涙することも自分を
責めることもない　そう想うから…
今僕にできる全てのことを
君にしてあげたい　そしたら君も
そんなに涙することも
自分を責めることもない
そう想うから…

勝ち負けは関係ない
どっちが勝ったか
負けたかよりも
どっちがたくさん
努力したかのほうが

大事なんや
その努力を一人でも
認めてくれたら
いいやんか

人間は一人じゃないよ
どこかで自分を
見ている人がいる
どこかで自分も
誰かを見ている
目に見えない存在を

大切に　目に見える幸せが
すべてじゃないよ
寂しいとおもうことは
たくさんあると思う
寂しいけど誰かが一緒
心でね…

今の喜びを大切に
一時一時を大切に

自分を大切に

A/R

人生頑張るうちに
転ぶことはたくさんある
転んだ今
あなたはどうしますか
立ちますか
横になりますか
横になってもいいよ
でも

ゆっくり休んだら
立ちあがるんやで
逃げてもいいから
もう一度ここに…
元に戻ってき
待ってる人はここに居る
「背中押してあげる」
そんな人がここに居るから

負けてもいいよ
だから
恐れずに正面から
立ち向かってみ
努力してみ
負けて悔しいのは

悔しい分努力したってこと
負けたあとで
涙流せたら
それでいいよ
ダメもとでやってみ
認めてくれるから

走り疲れたら
休息したらいい
ずっと走ってたら
しんどいやん
ずっと走ってたら
苦しいやん

走ることをやめる
そうじゃないよ
休めてあげるんやで
走り続けても　後ろから人は
見てる　自分を認めてくれてる
だからゆっくりがんばろ

どれだけ
もどかしくても
『愛してる』と
言えたらいい

『愛してる』と
いわれたらいい
言葉だけで少しは
救われるよ

どんなに強い人でも
涙するときはある
泣き虫や
涙もろいなんていう言葉はない
よく泣く人は　理由がある

優しい人間は
感情豊かな人は
すぐに涙が流れるんだよ
それはきっと
「泣き虫」でも
「涙もろい」ことでもない

君の努力は

見えないようで
見えている

一緒にだったら
どこまでも
走り続けられる
空に向かって　とべる
舞いあがれる

共に頑張れる
いつかきっと
離れていても
飛び続けられる日が
くるよ…

そんなに強がらなくても
素直にいたらいいよ
しんどいよ　疲れるよ
そんなに強がったら
時々　休んだらいいよ

75　そんなに強がらなくても

ずっとずっと
頑張らなくても
伝わるものはあるから
だから素直にゆっくりで
いいよ

誰だって楽になりたいよ
誰だって笑っていたいよ
でもな、
逃げて楽になるのと
努力して頑張って
楽になるのとは

全然違うで
本気で楽になりたい
心から笑いたいと
想うなら

立ち向かえ

追い抜かれる事は
悔しいけど
君がそこに
立つ限り
勝負は終わってない

ここから
始まるねんで
逃げることをやめたら
いつか自分も
追い抜ける

あなたは約束の守れる人間ですか

約束

自分の発言に
責任持とうよ

あの子の顔
一人ひとりの顔
ゆっくり見てみ
心がにじみ出るのは
一瞬の顔つきと

ゆっくり見た顔つきの
違いやで
笑った顔　怒った顔だけ
見ても　心は見えへんよ

どぉしてこんなに
好きなんだろうね
どぉしてこんなに
もどかしいん
だろうね

85　どぉしてこんなに

ありがとう
好きになってくれて
好きになれたことに
ありがとう

大好きだから
不安になる
でもね
あなたの一声

あなたの笑顔
その温かさが
安心に
変えてゆく

雨って降ったら
すごい　うっとうしい
だけど　雨上がりの空は
ニコニコしているよ

風がここちよい
しずくが落ちるとき
すこし私に
笑顔が戻る

人の大切さ
物の大切さ
失ってから　なくしてから
後悔したり
気づいても

意味ないよ
今をじっくり見て
じっくり向き合ったら
後悔はしない

愛

してるって

言葉にしてみ

人も自分も
信じられなくなったとき
慌てたら失敗する

95　人も自分も

だからまず
ゆっくり自分をみつめて
自分を信じてあげるといいよ

今日という
一日を
大切に生きる

それが
素晴らしいこと

あなたの夢が実現できずに
その道歩んでも　諦めずに
いつまでも夢を追い
願うのが「夢」です

dream in
a dream

おじぃちゃんになっても
おばぁちゃんになっても
信じることが夢なのです
それは恥ずかしいことではありません
実現よりも信じることが大切
どんなにちいさなことでも……
追い続け　信じることに
胸を張って生きてください

あなたと過ごした日々に
ありがとう
一緒に想い出そうよ
一緒に笑ったね
泣いたね　怒ったね

傷つけあった日もたくさん
あったね
お互いに大きくなれた
素直に言いあえた
あの日のこと　僕は一生
忘れない　ありがとう

私が今ここに居るのは

私が今笑えているのは
あなたが居たから
あなたが支えてくれたから
私はずっとずっと
あなたが必要だよ

私が笑えて幸せであっても
あなたのことは一生必要とするよ
だから
私のことずっとずっと　見ていてね
私が泣いたときは　あなたが必要
あなたにしかないぬくもり

失敗することは
よーく考えたら
成功への第一歩

もっと失敗して大きくなろ

君がそこに居る限り　僕は君を守る
僕がここに居る限り　君を離さない
弱くてもいい　泣いてもいい
僕が居るから　素直になればいい

心がある限り　信じあえる
信じる限り　明日がある
未来のために支えあい歩く

A/R

１００回ゴメンナサイ
１００回ありがとう
絶対気持ち入ってへんで

それやったら
１回のゴメンナサイ
１回のありがとうに
気持ちいっぱいつめるほうがいい

試合に臨む心が弱くても
後ろをむけば　誰かが居る
君を見ている人は　僕が見ている人
だから立ち向かう

独りぼっちの世界でない限り
弱さをバネに強くなろ
見ているひとの為に…　自分の為に…

生きていると

大きな壁にぶつかるときもある
そこで逃げますか

113　生きていると

壁より大きな自分になれば　越えられる
何度も何度も壁と話し合い　戦うべき
そしたらきっと大きな自分になれるから…

疲れたら寝転がって空見てみ

ずっと
見といてみ
すごい和むよ

逃げてばっかじゃ　しょうがない
いつかは立ち向かう日がくる
その日を待つのじゃなく
自分から向かうねん

117　逃げてばっかじゃ　しょうがない

勝負は逃げへん　自分が立ち向かう限り
受け止めてくれる　だから自分も逃げずに
やってみるねん

素直に生きてみ

人も自分も
幸せに
思えるから

木を支えると書いて「枝」
木は枝があるから美しい
葉があるから美しい

どんな強風にも負けない
強い枝に育てよう　輝けない
一人じゃ美しくもなんともないねんで
この世で一番でっかく美しい木を目指そう

努力が
評価されない
ことはたくさんある

だからって
努力する気持ちを
すてるのは
間違ってるよ

信じることから始めよう

同じ過ちを繰り返されて
辛いだろう。悲しいだろう。
でも、そこで信じることを
やめたら
自分も人を裏切ってしまうよ

125　信じることから

人を信じきることは
難しい
でも信じあったときの
喜びは
言葉にならないもの
信じ合えなかったり
裏切られたときの
悲しみは
言葉にならないもの
それでも自分は
信じ続けてみ…

忘れないでね　あの日のこと
忘れないでね　今日のこと
一緒に歩んだ今日までの思い出

ここで物語をやめないで
この先も　終わりはないよと
安心させて　忘れないでね自分自身

A/R

私たちが見た愛里沙の姿

※この文章は複数の方々の証言をまとめて作成しています――編集部

優しくって、やんちゃだった幼少時代

小さな頃から、やんちゃな子供でした。気は強いけど、優しくて、面倒見がいい。９歳離れた弟をとても可愛がっていて、遊びに行く時はいつも連れていきました。弟が赤ちゃんの時には、知らない人からは、愛里沙が母親のように見えたようです。

頑張り屋で、多くの人が「愛里沙ちゃん、愛里沙ちゃん」といって頼ってきました。友達に何かあると駆けつけ、代わりに怒ることもありました。相談を受けると、どんな時でも親身になって聞き、最後には「おまえはおまえでいいねん。大丈夫、何があっても私が近くで支えたる」と言い、勇気づけました。友達が「犬を引き取りに行きたい！」と言えば、自分が犬

アレルギーであることを隠して、段取りを決めて、車を運転して、一緒に引き取りに行きました。頼まれごとをされると夢中になり、人によってはその必死さをかえってわずらわしく感じたかもしれません。

そんな愛里沙の人生の転機が、小学校4年生の時に起きた、父親の会社の倒産でした。家には借金取りが出入りするようになり、家計は火の車。その中でも、父親のために煙草を買いに行ったり、母親にお小遣いを渡して子供ながら金銭的に助けようとしたりして、心の優しい子供でした。

しかし、間もなく両親が離婚。そこから愛里沙の精神障害が始まりました。

精神障害が始まった学生時代

睡眠薬を大量に摂取したり、リストカットをしたり。小学校6年生の時には、精神科を訪れ、多重人格やうつ病、解離性同一性障害などの診断が下されました。

入院してもすぐに退院。医者や看護師は「解離性障害」だからといって、愛里沙の気持ちや症状について分かろうとすらしてくれませんでした。

学校でも色々な問題を起こしました。転校した当初は、本人はおとなしくしているつもりでしたが、目立つため、いじめられてしまいました。10人以上を相手にけんかをしたり、給食の中に物を入れられたり、靴を隠され、そこに虫の死骸を入れられたり……。先生に相談しましたが解決できず、最初は我慢していましたが、途中から反撃を開始。持ち前の負けず嫌いで、相手を威嚇し始めました。気が強かった愛里沙は、周囲に怖がられるようになり、人間関係でも苦労しました。教室から飛び降りようとするなんていう事件も起こしました。しかし、愛里沙が相手に対して武器を使って傷つけたことはありませんでした。言葉や素手の暴力はありましたが、カッターで傷つけるのはいつも自分自身だったのです。

中学生になっても、自分のことを「俺」と呼び、突っ張った態度は変わりませんでした。小学校からの友達と些細なことでけんかし、教室では1人でいることが多かったようです。先生や警察から親が呼び出されることはしょっちゅう。両親が何度言い聞かせても、殴って教えても、うまくいきませんでした。

周りから変なレッテルを貼られてしまうことも多く、それを鬱陶しく感じることもよくありました。考えの甘い人は、外見を見て判断します。そんな人たちは、気にしない方がいいと頭では理解していましたが、なかなかできませんでした。

問題行動が多かった愛里沙ですが、得意なこともたくさんありました。小学生の時から始めたそろばんと暗算では2級を取得。英語やパソコンも勉強し、パソコン検定2級も取得します。飲み込みが早く、数学などもすらすらと問題を解くようになりました。とくに、国語は得意で、漢字をよく知っており、作文が上手でした。ポエムを作り始めたのも中学生になってからでした。料理も好きで、よく家族に手料理を振る舞いました。バイクの中型免許もたった3回の飛び込み試験で取得しています。他にも、画面を見ないで後ろ手でケータイの文字を打ったり、小さな折り鶴を折ったり、手先が器用でした。オーディションをきっかけに、劇団創英のレッスンに通い始め、テレビCMにも出演しました。

周りの人々を驚かせたのが、中学校の陸上部に所属して始めた砲丸投げ選手としての成績です。2年生の時は大阪大会で1位、全国大会で8位、3年生の時には大阪大会で1位、全国大会では5位の成績を収めました。高校生になっても、砲丸投げは継続し、好成績を残しています。

中学2年生の文化祭では、ダンスを経験したと先生が言っています。あまり行事に積極的に参加するタイプではありませんでしたが、先生の「失敗を恐れてたら何もできひん。今までの自分じゃない自分をみんなに見せてみたらどうだ」という言葉に後押しされました。頑張って練習し、最後まで演技をしましたが、本人はできばえに満足していませんでした。

高校には進学しましたが、周囲と距離ができてしまい、3年生の時に退学しました。

その後は神戸で一人暮らしを始めます。一人暮らしの間も、家族とは連絡を取り、特に父親には自分専用のケータイを渡し、毎日のように2〜3時間近く会話していた時期もありました。

病院は精神障害者を助けてくれない

両親は離婚していましたが、家族で旅行することもありました。子供たちは母親と一緒に暮らしていましたが、子供たちだけで父親の家に泊まりに行くこともありました。家族で旅行やカラオケに行く時は愛里沙がいつも盛り上げ役で、人を笑わせることも得意でした。

退学後は、運送会社で引っ越しのアルバイトをし、男性社員と一緒に営業、梱包、荷物運びを行い、仕切り役になることもありました。初めての給料で両親を食事に招待し、お金を貯めてバイクを買いました。家族思いで、誕生日や父の日、母の日にはプレゼントを、正月には「気持ちだけだけど」と言いながら、両親にお年玉を渡しました。

しかし、その間もずっと自殺未遂、リストカット、OD（オーバードーズ、薬物大量摂取）などを繰り返していたのです。

リストカットは年齢を重ねるほど増え続け、両手・両足はもうこれ以上切るところがないと思うほどでした。皮膚は傷だらけでぼこぼこ。「リスカが止まらない」と呼び出されて母親が行くと、ゴミ箱の上で放心状態だったこともあります。最後は数十針を縫う大けがもしました。友達に「自傷行為なんてやめや。ただただ痛いだけやん」と言われても、「自分を傷つけることで、痛みを感じることで、血を見ることで、自分は生きていると実感できる」と言い、やめませんでした。

愛里沙はリスカに対して、こう書いています。

自分は受け入れてほしい、でも相手は受け入れてくれない。

自分が苦しいことをわかってほしい、だから自分をせめるやり方で、わかってもらおう。

そう思ってしまう。それを行動に出して、また自分が後悔する。

そこでリストカットが誕生する。そんなことして、自分が楽しいわけでもないし、誰かが喜ぶわけでもない。そんなこと、わかっている。

だけど、「わかってほしいから」。


薬の量も増え続け、200~300錠を服用することもありました。飲むと酔っ払いみたいにふらふらになったり、意識不明になって倒れたり。酸素マスクを付けて、おしめをはかせて、意識不明の状態で数日間入院したことも一度や二度ではありません。耐性ができてしまい、薬が徐々に効かなくなると、今度はインターネットで薬名を検索し、病院に「この薬を出してほしい」と要求するようになりました。自殺未遂防止のため、両親や病院がため込んだ薬を一気に服用しないよう見張っていましたが、それでも愛里沙は周囲の目を盗み、薬を飲んだふりをしてため込み、一時に大量の薬を摂取しました。周囲がとがめると「そんなこと言うなら首つり自殺する！」と叫びました。

何度も自殺未遂を繰り返し、救急車で運ばれることも日常茶飯事。睡眠薬の飲み過ぎで意識不明になり、何時間も同じ体勢で居続けたことで筋肉が腐ってしまい、手足の身体障がい者になってしまいました。

それでも、愛里沙の非行は止まりません。入院も何度も繰り返しましたが、煙草を吸う、ケータイを持ち込む、隠れてカミソリを持ち込みリストカットをするなど、病院の禁止事項を破り、強制退院させられることもしばしば。自ら入院できる病院をどんどん失ってしまったのです。

最終的に、愛里沙はすべての病院から見放されました。

自殺よりも、本当は強く生きたかった

しかし、決して人に恵まれなかったわけではありません。友達もいましたし、中学時代から、10年近く交流があった仲の良い先生もいました。入院先でも友達を作り、父親と買い物に行き、正月には母親と一緒におせち料理を作ったりもしました。

見た目は男っぽいところもありましたが、恋人には毎朝お弁当を作り、目の届かないところまで几帳面に部屋を掃除し、家計簿をまめに記入するなど女性的な面もありました。

なぜ愛里沙がこのような結末を迎えてしまったのかは誰にも分かりません。愛里沙は自殺についてこう書いています。

自分たちは「自分から命を絶つ」と言えるほどの人間でしょうか。

かわいそうじゃないです。

誰もかわいそうじゃないのです。

自分から命を絶つということの大切さは何かというのを、きちんとわかっていないのです。

かわいそうとかの同情は別に求めていないのです。

自殺行為は自分の心です。

「死ぬほど苦しい」そういう思いです。

死んでしまうということは自分から逃げているのです。

今の、現実から逃げること。今、自分と戦うのが怖くて逃げ出してしまった人がすること。

決して人のせいにはできない。自殺することや後悔を人のせいにはできない。というより、してはいけない！

道を踏み外した理由も、人のせいかもしれないけど、最終的に踏み外したのは自分だから。

やり直したいなら、何か支えを見つけて、やり直せばいい。

自傷行為、自殺は現実から逃げているだけ。

逃げて、逃げて、逃げ続けて、どうするのか。

結果は自分に返ってきて、自分が後悔、後悔の悪循環に苦しむだけです。

自殺なんて、負け犬がすること。

一番強い人間は、苦しいのに生き抜いた人間です。

わかっていてもできないのが、人間なんですけど……

でも、今は今も！　もう二度と戻れない。

これから、後悔しても戻れない。いくら泣いて悔やんでも今は今！

今楽しく生きて、逃げずに頑張ればいいのです。

絶対に自分の支えは見つかります。「おまえは一人じゃない」と、言ってくれる人が……

しかし、愛里沙は自ら命を絶ってしまいました。きっかけは、ある男性との揉めごとだったのかもしれません。些細な意見の食い違いが発展し、最終的には7～8時間にもわたる大げんかになりました。双方の両親も駆けつけましたが、最終的に愛里沙は救急車に乗せられ、気が狂ったように叫び続けました。愛里沙は入院しましたが、その後声が出なくなり、一日に7回も意識不明で倒れたりするなど尋常ではない状態が続きました。

一生懸命生き続けた24年間

愛里沙が亡くなる数日前から、周囲から見ると、少し違和感を覚える事柄が続きました。例えば、以前母親が愛里沙に誕生日プレゼントとして渡していた数珠。「なくした」という愛里沙に対して、すぐにもう一度同じものを買って渡していましたが、亡くなる数日前に急に「見つかった」と言って二つ渡したうちの一つを返してきました。ほかにも、ポエムを母親に渡したり、連絡を絶っていた父親に電話をしようとしたり、友達とおそろいの指輪を欲しがったり、入院中に作業療法で作った毛糸のぬいぐるみを家族に何個もプレゼントしたり、毎日のように出歩いたり。自分の何かを残そうとする行動だったのかもしれません。

そんな愛里沙が、最後に会ったのは、母親と弟でした。前日の夕方まで二人と一緒に好きなお寿司を食べて帰りました。特に自殺をほのめかす態度を見せることはありませんでしたが、かなり弱々しく、元気がない印象でした。

その日の深夜、愛里沙は絶対に飲んではいけないと言われていた薬を自ら服用し、この世を去りました。一度、愛里沙はこれらの薬を飲んで、呼吸が止まったことがあります。その時は病院にいたのですぐに蘇生しましたが、きっと「これを服用したら、死ねる」と思っていたかもしれません。周囲は「絶対に出さないでほしい」と病院にお願いしましたが、本人は隠れて病院に行き、これらの薬を処方してほしいと懇願していました。取り上げようとすると、いつものように「首つり自殺する」と言って周囲を脅しました。

2日後には、楽しみにしていた砲丸投げの試合があり、友達と会う約束もしていたのに、なぜこのタイミングで自ら死を選んでしまったのでしょう。

愛里沙は24年間、一生懸命生き続けました。何事にも完璧を求め、なぜそんなに頑張るの？　と思うこともありました。いつも焦っているように見えました。スポーツでも何でも、体を酷使してでも一等賞を取りたがる性質で、もう少し軽く考えても良かったのかもしれません。

決して投げやりな気持ちを持たずに、最後までやり遂げれば、絶対に、自分に対して、満足感を得られるはず。何でも、納得いくように、勇気を出しながら頑張れば、自分にとって損は一つもないはず！　そう信じて生きてきました。

愛里沙は不器用で、寂しがり屋で、意地っ張りでしたが、素直で、優しくて、頑張り屋で……。短い人生でしたが、多くの人からいっぱい愛情をもらい、幸せな時間も多く過ごしたことでしょう。

ポエムで人を励ましたい

ポエムを出版することは愛里沙の中学生の時からの夢でした。口に出せなくても、自分の気持ちを紙にならば簡単に書き出せました、不思議とすらすら手が動くのです。

「自分自身が荒れ狂っちゃいそうだ」と思った時は、気持ちをすべて紙に吐き出し、楽になっていました。

愛里沙はポエムについて、こう書いています。

とにかく、言葉にできないことはすべて文章にすればいい。

絶対に素直になれるはずです。

紙に書いて、その紙を読んで一人で納得してもいいと思います。

でも、そんなことでは本当の答えは見つかりません。

もしも本気で答えを見つけたいなら、その紙を誰かに見せるべきです。

自分の気持ちを言葉にできない方は、一度紙に気持ちをぶつけてください。
詩を書いて自分の気持ちを表現してください。
それを伝えたい人へと届けてください。
そしたら、必ず届くはず……
詩は、自分の素直な気持ちを書けます。
一度書いてみてほしいです。

こう書いていた愛里沙です。自分のポエムが多くの人々に語りかけ、励ましつづけていくことをきっと天国から見守っているに違いありません。

編集部

麻生愛里沙（あそう・ありさ）

平成2年7月12日生まれ。小学5年生の時に両親が離婚。その頃から精神障害が始まり、うつ病、多重人格、解離性同一性障害などと診断される。中高時代は砲丸投げ選手として活躍し、全国大会5位の成績を収める。自らの考えや感じたことをポエムや文章にする傍ら、自殺未遂、リストカット、OD（オーバードーズ、薬物大量摂取）などを繰り返し続ける。平成27年5月8日に自ら大量の薬物を摂取し、他界。永遠の24歳

この本を読んだ感想をポエムや手紙の形でおおくりください。お寄せいただいた感想は、この本を広めるために活用させていただきます。また、ブログや朗読などで、この本の内容の一部を使用することは自由ですが、その際はメール等でおしらせください。

podmpiece@gmail.com

この本の出版にあたり感謝を捧げます　――愛理沙の家族より
守口議会議員・井上てるよ／松下記念病院／三家クリニック／太子橋鍼灸接骨院／多田薬局／ライフライン京阪営業所／アートメイク サロン Beauty Art／株式会社神誠／川建工業／誠心堂／be・precious／コーヒー倶楽部／初代 彫扇龍／レコードシロタ／愛里沙が通った学校の先生、友人のみなさま／この本を手にとってくださったみなさま〈敬称略・順不同〉

笑《わら》ってみ。

それだけで楽《らく》になる

2015年12月8日　初版第一刷

著　者 ——— 麻生愛里沙《あそうありさ》
発行人 ——— マツザキヨシユキ
発　行 ——— ポエムピース
東京都杉並区高円寺南4-26-19-607
〒166-0003
TEL：03-5913-9172　FAX：03-5913-8011
取材と文 ——— 三村真佑美
デザイン ——— 堀川さゆり
印刷・製本 ——— 株式会社上野印刷所
落丁・乱丁本は弊社宛にお送りください。送料弊社負担でお取り替えいたします。

ISBN978-4-9907604-4-1 C0095

愛里沙は死んでしまいましたが
あなたは死なないでください
――愛里沙の父より